KB063105

________의 바다에 초대합니다.

함께 흘러가고픈

사랑하는 ________에게

나 사랑하는 것과
(흘러)

효일

나에게 깃든 인연은

참으로 어마어마한 일이라서.

너의 손에 소중함 같은 게

쥐어져 있었으면 좋겠다는 생각을 한다.

내가 사랑하는 마음도 빗방울과 닮았다.
작은 숨결이 나와 매우 가까운, 곁에 있지만
그리 옹색하지는 않다.

나와 부딪히는 순간에도, 날 배려한다.
빗소리처럼 그저 내 공허를 채울 뿐이다.

그리고 끊임없이 흐른다. 내 곁에서,

흘러가기 전에

(들어가며)

밖으로만 뻗었던 손들이 날 옭아매고 있었다는 걸 깨닫고야 말았습니다. 알아챈 순간부터 당장 하나씩 정리했습니다. 내 주제도 모르게 고개를 내밀었던 가지를 잘라내니 남은 건 밑으로 깊게 뻗어있는 뿌리였죠. 그 뿌리에 관한 글입니다. 제아무리 많던 가지가 사라진다 한들 그 뿌리만 있다면 아무 일 없던 것처럼 살아갈 수 있다는 걸 말이죠.

살아가기 위해 잡고 있는 것이 아닌,

나를 살아가게 하는 것.
나를 살아가게 했던 것.
나와 함께 살아가고 있는 것.

내가 사랑하는 것. 이런 것들과 함께 살아갑니다.

-효일

* 이 책에는 작가의 의도를 온전히 전달하기 위한

비문이 일부 있음을 알립니다.

목차

1부) 나 사랑하는 것과 함께

2부) 함께 흘러가는

3부) 흐르다

1부

나 사랑하는 것과 함께

밀어내지 못한 마음

이른 아침이 시작된다. 늙으면 잠이 없다는 말은 허세에 그치지 않다고 생각해 왔지만, 정말이지 주말아침에도 새벽에 눈이 떠지는 나를 발견할 때면 지난날의 어른들의 말씀을 다시금 되새긴다. 얕은 지식으로 속단했던 어린 나를 반성하려. 이사 온 집은 희한하리만치 남쪽의 넓은 공간을 두고 굳이 북쪽 바라보는 곳에 안방이 위치해 있어서 아침이 아침 같지 않고 어두웠다. 그래서 더욱 마음에 들었다. 마치 어릴 적 이불을 머리 위로 덮어서 생긴 그 어둡고 조그마한 공간이 나만의 영역인 것 마냥 숨소리가 내 귀에만 들리게 호흡을 했던 때와 닮았다. 이 공간을 무척이나 소중하게 생각한다. 그때처럼.

이 소중한 공간에서 많은 것들과 살아간다. 거실에는 망원동에서 데려온 지 2년쯤 돼 가는 야자나무와 반대로 백 살은 먹은 것처럼 보이는 마당의 감나무, 언제가 마지막 교체인지 가늠 잡히지 않는 낡은 창문과 창틀 그리고 아직 창고에 넣지 못한 선풍기 같은 것들이 나를 살아가게 한다. 살아 있든 살아있지 않든 모든 것에는 손이라고 나타나는 애정이 필요한 법. 2년째 함께하는 저 야자나무도 한 번씩 물과 영양제를 놓아주고 바람을 맞혀줘야 했다. 백 살 먹은 감나무 어르신은 어떻고? 지난여름, 내리쬐는

햇살을 피하고자 기대었던 감나무 그늘 속에서 숨을 돌릴 때, 갑자기 내 주위로만 쏟아지는 빗방울에 놀라, 우리 집 마당에만 소나기가 내리나 하고 우산대신 카메라를 켜서 하늘을 촬영하다가 옥상에서 긴 호스로 감나무에 물을 주고 있는 위층 아주머니를 발견했지. 그때 서로 지었던 멋쩍은 미소도 담겼으려나. 먼지가 가득한 선풍기는 여름을 붙잡아두려고 치우지 않는 것이라 나의 게으름을 변호해 본다. (선풍기랑 야자나무는 꼭 둘이 키도 비슷한 게 내가 일하러 나간 낮에 둘이 대화를 할지도 모른다.)

침대의 방향을 바꿨다. 저 낡은 창문을 향하는 북향으로, 이러면 좀 더 살아있는 느낌이 들까 하고. 창문에 기대어 가만히 밖에서 안으로 들어오는 공기를 느낀다. 은은하게 향처럼 퍼져오는 바깥의 시원한 온도. 아무래도 가을이라는 손님이 온다고 알려주려 하는 것 같다. 나의 집도 마음도 여름이 너무 짧았지만, 이 마음을 가을에게 들키지 않고 안아주어야 한다. 그에게도 너무 춥지 않은 가을이 되었으면 해서. 이런 고마운 숨들이 모여 날 움직이고 살아가게 한다. 언제나 깃들어 있는 마음을 살려주기 위해 물을 주고 떠나보내기 힘들어 끌어안는다. 아침 햇살도 참견하지 못하는 환경에서만 가질 수 있는 어둡고 소중한 마음으로.

아침#1

이른 아침 눈을 뜬다

오늘도 떠나보낼 감정들을 조금 챙겨 입고 집을 나선다. 대개는 단출하다.

나와 같이 하루를 시작하는 사람들이 저마다의 방향으로 길을 누빈다. 그들도 간촐히 챙겨 왔길 바라는 생각을 삼키며 지나친다.

불광천을 따라 걷는다. 나는 나가는 길이지만 누군가에겐 돌아오는 그 길. 나를 지나쳐간 저 이는 오늘 얼마큼의 감정을 썼을까.

어제와는 다른 얼굴에 조금은 걱정을 한다.

다리 밑에는 산책을 하는 낯선 이들이 가득하다. 그들의 아침엔 공기가 가득해 보인다.

571번 버스를 타고 영등포로 향한다. 오늘의 성산대교 위는 마냥 깨끗해서, 아무도 눈치채지 못할 기지개를 피곤 한강의 물결을 바라본다. 쉼 없이 변하는 물결 모양도 아침이라 그런지 하늘과 닿아 기지개를 피나보다. 손에 쥐어진 책 보다 내 감정은 이런데 쓰이고 싶다.

(그렇다고 책을 놓진 않았다.)

맞은편 한 여자도 창문 너머 한강을 바라보고 있다. 그녀의 손에는 소중함 같은 게 쥐어져 있었으면 좋겠다는 생각을 한다.

영등포 환승센터에 익숙한 얼굴들이 가득하다. 매일 아침 나와 같이하는 출근길의 사람들. 그들도 나도 같은 곳에 잠시 머물 뿐, 가야 할 방향은 다르다.

내가 향하는 곳은 파란 5층자리 빌딩이다. 들리는 소문으로는 회장님이 좋아하는 색이라서 파란색으로 색칠을 했다던데, 내가 좋아하는 여름의 바다 같아서 마냥 좋다.

ps.주로 소비되어지는 감정에 따라, 읽는 책의 제목도 바뀐다.

아침#2

늦은 아침 눈을 떴다. 빗소리가 되려 자장가가 되어 평소보다 1시간이나 늦잠을 잘 수 있었다. 빗소리는 날 잠재운다.

그 소리의 울림은 나와 가까운 곳에서 시작한다. 저 높은 구름에서 시작한 빗방울은 지면과 닿는 순간 나와 가장 가깝다. 여기 이사 온 집은 1층이라 그런지 정말 가깝다. 햇살은 들어오기 힘들지만, 되려 빗소리는 잘 들리는 우리 집이 좋다.

창문을 활짝 열어 보인다. 빗소리를 우리 집으로 초대한다. 그들은 언제나 다소곳이 나와 거리 두어 존재한다.

비가 내린다. 반대로 보면 빗방울들이 내리고 다시 튀어 오른다. 아직 어리숙한 이슬비도 그 힘이 옹색한 건 아니다.

옹졸해 보이던 이슬비도 모이면 가랑비, 장대비가 되곤 한다. 그런 빗방울 들도 결국 한대 모여 흐른다.

흐른다. 밑으로 끝없이 유영하면 모든 방울이 모여 나시

구름이 되려 한다. 이 모든 과정마저, 흐른다.

내가 사랑하는 마음도 빗방울과 닮았다. 작은 숨결이 나와 매우 가까운, 곁에 있지만 그리 옹색하지는 않다. 나와 부딪히는 순간에도, 날 배려한다. 빗소리처럼 그저 내 공허를 채울 뿐이다.

그리고 끊임없이 흐른다. 내 곁에서,

저녁#1

늦은 저녁 집을 나선다. 나에게만 가득했던 공기는 떠나가고 가로등 불빛이 담긴 공기가 날 맞이한다. 밤의 목소리가 들린다. 우리 집 앞을 지나가는 버스의 웅장한 엔진음.

술이 깃든 담배 연기와 함께 내뱉는 아쉬움 섞인 말들. 그리고 가장 잘 들리는 내 발자국 소리. 러닝을 하러 나설 때면, 모든 신경이 아래로만 향하는 것 같다. 지면과 맞닿는 순간 힘이 느껴오는 발과 발목, 그리고 무릎까지.

가장 고요한 공기 중에서 큰 소리로 들린다.

아침에 지나쳤던 다리 밑으로 도착했다. 불광천의 길은 지금도 공기가 가득하다. 이번엔 그 공기가 내 얼굴에도 폈다. 그럼에도 난 귀를 막고 달린다. 이곳이 싫어서는 아니고, 보다 노래가 좋다고 표현하고 싶다. 아침보다는 보다 가벼운 옷차림으로 불광천과 함께 흐른다. 아침에 챙겼던 감정들은 이젠 없다. 있다 한들 여기서 털어내려.

한참을 달렸다. 나도 모르게 지친 까닭에 속도가 늦어졌지만, 그래도 어느 한순간을 위해 달린다. 목적지는 정한

적 없지만, 항상 망원한강공원을 향했다.

한강공원에 도착할 즈음이면 달리기 시작한 지 1시간이 다되어가, 달리고 싶은 마음이 사라진다. 이것 또한 내가 털어낸 감정이려나.

집을 나섰을 때 지갑은 챙기지 않았다. 돌아오는 길은 걸어서 2시간이 걸린다. 덜어냈던 그 길을 따라 다시 올라간다. 그렇다고 집까지 다시 담아 오지는 않고 싶다. 그냥 덜어낼 때보다는 조금 천천히 곱씹어 보며 그 자리에 두고 오련다.

그렇게 2시간을 걸었다가 멈췄다 하며, 흐르기 시작했던 위치로 다시 돌아왔다. 이렇게 돌아보는 일은 지나쳐 버리는 일보다 배로 시간이 걸리나 보다. 불광천으로 되돌아오니 이곳은 여전히 사람들이 가득하다. 대부분 나처럼 귀를 막고 있지만, 서로가 싫어서는 아닐 거라 믿는다.

제각기 다른 마음으로 모였다. 하나 그 무게는 분명 가볍지 않다. 이 길 따라 놓인 목소리들은 미소가 가득하다. 저마다 주어진 길에서 다양하게 달릴 뿐이다.

집에 돌아오니 조금은 앙상해진 야자잎이 날 바라본다.

수영을 좋아한다(잘하진 못해요)

햇살이 따뜻하다 느껴지는 봄 날씨에도 감기에 걸린 건 분명, 겨울이 다 지나간 줄 알고는 눈치 없이 일찍 물의 온도를 낮춘 수영장 때문일 태다. 사실 나도 봄을 맞이할 준비가 된 줄 알았는데, 우린 아직 봄을 위한 시간이 좀 더 필요한가 보다.

내가 어떤 걸 좋아하는 이유를 말할 때면, 좋아하는 이유를 뱉는 그 순간마저 좋아진다. 이건 이래서 좋고, 저래서 더 좋고, 더 더 더 좋고, '좋아한다'라는 말을 할 때면 얼마나 잘하냐가 문제가 아닌, 그저 즐기는 것에 초점을 두고 말하고 싶다.

수영을, 아니 물에 빠져있는 동안은 나에겐 살고 싶다는 생각이 가장 강하게 들기 때문에 좋다. 숨을 쉬고 싶어서, 가라앉기 싫어서 안간힘을 쓴다. 살면서 팔과 다리가 '살고 싶어서' 이렇게 빠르게 움직일 때가 언제 또 있을까.

차가운 물속임에도 타들어가는 허벅지와 함께 그저 숨을 쉴 틈을 찾고 한번 내뱉는 숨. '파'

내 몸에 낙서처럼 묻어있는 타투의 잉크들과 보기 흉할 정도로 자국이 남은 열꽃의 상처들, 이 모든 신경 쓰일 것도 그저 수영장위에서의 이야기 일뿐. 물속에서는 그저 일렁이는 수영장 바닥과 결승점을 향해 집중한다. 물밖의 어지러운 소음이나, 옆 레인의 사람도 더 이상 느껴지지 않는다.

나는 다시 엄마가 만든 집속에 있는 거다. 나의 움직임은 아무해가 되지 않는다. 그저 태동으로써 살아있음을 알릴 뿐.

숨을 쉬고 싶어.

조금만 더 가야지.

살고 싶다.

고마운 숨

어라 또 만났다. 571번 버스 안 뒤쪽 문옆, 버스카드를 찍는 바로 뒷자리. 저번에도 팬으로 휘휘 사람들의 모습을 그려내던 여인이 오늘도 그 자리에서 왼손에는 공책을 쥐고 오른손으로는 연필로 마구 승객들을 묘사해내고 있다. 빠르게 움직이는 손과 눈동자는 오직 피사체에게만 쏟아내는 에너지다. 쉴 새 없이 승차와 하차가 이어지는 약 2분 간격으로 도착하는 정류장마다 승객의 모습을 담아내고 있다. 그중 몇몇은 나처럼 이 여인의 그림이 신기하다.

그 짧은 순간에 승객들의 모습을 그릴 수 있다니 혹시 내 얼굴은 어디 있을까 하고 여인에게 피해가 되지 않게끔 힐끗힐끗 공책을 살펴본다. 이런 저번에도 그렇고 난 왜 그려주지 않으시는 걸까. 하는 생각을 하다가 아 난 반대로 이 여인을 글로 담고 있구나 를 깨닫게 되었다. 여느 때와 같았던 출근길이 그녀에겐 연습장이 되었을까. 그녀의 연습장에 보탬이 된 것 같아서 괜한 보람을 느낀다. 오늘 이 버스에는 숨이 가득하다.

너의 세계

70-3번, 나의 출근길에 가장 많은 시간을 보내는 버스다. 영등포 환승센터에서 타서 회사 앞 정류장까지 40여 분의 시간을 나와 함께한다. 그때 난 항상 뒷문 바로 뒷자리, 혹은 그다음자리에 앉는다. 큰 이유는 없고 그냥 중간즈음 가고 싶은 나의 마음이 담겨있지 않을까 싶다.

오늘은 그다음자리에서 출근을 한다. 내 앞자리에 한 모자가 앉았다. 어머니의 나이는 30대가 한창으로 보였고, 아이는 미취학아동의 나이대로 보였다. 둘은 손을 꼭 잡고 있다. 서로의 소중함을 잘 아는 것처럼.

어린아이가 코와 창문이 맞닿을 정도로 밖을 내다본다. 이미 자리에서 엉덩이를 뗀진 오래다. 뭐가 그렇게 신기했을까. 그 옹졸한 손으로 움켜쥔 창틀에서 바라보는 풍경은 얼마나 재밌을까.

그런 아이의 마음은 출근길 차들은 몰라준다. 갑자기 끼어들어오는 차에 부딪히지 않으려 버스가 급정거를 한다. 아이의 어머니가 아이부터 챙긴다. 아이는 놀란 눈을 엄마에게 고정하고는 엄마의 손을 꼭 쥐었다.

소중함을 꼭 쥐었다.

*

사랑이 넘치면 어디로 흐를까

예거 마이스터 한 잔

주말이면 버리지도 못할 물건들을 청소한다. 오늘은 6단 철재 책장을 정리해야지. 이 책장은 상경과 함께 장만한 가구로, 다시 말하면 나와 서울살이를 함께 하고 있다. 1층에는 다시 읽으려고 놔둔 독립출판물들과 지난여름, 엄마가 과일주를 담가주시고 남은 설탕이 놓여있다. 이상하게 부엌에 옮기지 않고 그대로 두고 있다. 마치 설탕봉지를 보면 엄마와 여름이 생각날 것 마냥.

2단에는 향수꾸러미들과 포장지가 예뻐서 샀던 담배 두 갑이 놓여있다. 담배는 피워본 적도 없거니와 싫어하는 수준인 내가 담배를 왜 샀냐고 이따금씩 우리 집에 놀러온 친구가 묻곤 한다. 근데 정말 디자인이 예뻐서 샀다. 가끔은 나와 섞일 수 없지만 그저 지켜만 보고 싶을 때가 있다.

그리고 3단, 4단, 5단에는 중학생 때부터 수집한 좋아하는 음악의 앨범 CD가 가득하다. 이젠 앨범들이 책장을 가득 채운 것도 모자라 넘치려 해서 보관함을 하나 사야하나 생각 중이다. 언제나 내가 사랑하는 마음이 가득 찼을 때는 비워내기보다는 그 마음을 키워내고 싶다.4단에 작년에 산 선글라스도 보인다. 올해 여름에 왜 한 번도 못

꼈는지. 마치 잊고 있던 애정템을 찾은 기분에 연말까지 다시 멋을 부려보리라 다짐한다.

맨 꼭대기 6단에는 포스터와 함께 친구들과 찍은 사진들이 가득하다. 다들 어디서 무엇을 하는지 지금은 모르는 친구들. 예전에는 이런 생각이 들면 당장 핸드폰으로 연락을 보내 보았지만, 요즘은 그러지 않는다. 이 순간도 지켜만 보고 싶을 때에 가깝다.

다시 돌아온 시선은 2단으로 향했다. 향수꾸러미, 디피용으로 산 담배 두갑과 함께 초록색 예거 마이스터 한 병이 보인다. 작년 크리스마스에 먹었던 것인데, 병이 꽤나 마음에 들어서 담배 옆에 두었다. 먼지가 가득 쌓인 걸 닦아내고자 병을 들었더니. 아직 한 잔정도 남아있는 걸 발견한다. 나와는 섞일 수 없는 담배와는 달리 나와 섞일 수 있는 이 예거병이 나를 반긴다. 그대로 지갑을 챙겨 집을 나섰다. 곧장 편의점으로 가서 레드불 한 캔을 사 온다. 아끼는 투명 유리컵에 둘을 섞는다. 둘은 꽤나 잘 어울린다.

벌컥벌컥 들이킨다. 예거의 진한 향이 코끝을 스쳐 빠져

나간다. 1년 동안 담겨있던 마음이.

좋아하는 무언가를 아껴 두는 것.
소중한 것을 소중하게 다루는 것.
아쉬움을 가장 짧게 느끼는 방법.

예거 한 모금의 담긴 이름들.

그럼 난 바밤

나에게 아이스크림은 일종의 도구다. 대화의 도구. 새벽까지 이어지는 술자리, 혹은 직장에서 갖는 짤막한 점심시간에는 어김없이 아이스크림 타임이 존재한다. 직접 내 돈 주고 아이스크림을 사러 편의점에 들어간 기억이 손에 꼽을 만큼 난 아이스크림을 별로 좋아하지 않지만, 이런 아이스크림 타임에는 거부하지 않는다.

사람들은 누군가와의 만남에서 한껏 분위기의 정점을 찍고 생기는 헤어짐의 아쉬움을 이 아이스크림 타임으로 달래는 것 같다. 누군가 아이스크림 먹고 가자는 말에 다 같이 기다렸다는 듯이 좋다며 편의점으로 들어간다. 그럼 이제 나는 가장 무난한 아이스크림을 고른다. 너무 단 것도 싫고, 적당히 대화의 속도와 맞게 먹어 치울 수 있는 녀석을 골라서 한입 베어 문다. 역시 아이스크림은 나랑 별로 안 맞다는 걸 속으로 생각하며 한 발짝 뒤에서 친구들의 아이스크림 타임을 지켜본다. 오늘은 다들 먹는 속도가 느린 걸 보니 아쉬움이 큰 것 같다. 그럼 나도 천천히 먹어본다.

느껍다

저기요. 그 혹시 느껍다는 표현 아시나요? 어떤 느낌이 마음에 북받쳐서 벅찰 때, 그럴 때 쓰는 표현이래요. 부끄럽지만, 저는 최근에 알게 됐어요. 아직 저 단어를 완벽히 이해하고 구사하진 못해요. 근데 뜻을 알고 난 이후로부터는 친근감이 자꾸만 드네요. 꼭 내가 써야만, 곁에 두어야만 할 표현인 것 같은 느낌이 들어요.

왜 꼭 그럴 때 있잖아요. 사회에 치이고 사람에게 상처를 받고 너무나 답답한 가슴일 때, 기대고 싶은 이의 포옹으로 그 답답한 가슴이 녹아내는 느낌. 그 어떤 처방전으로도 빗댈 수 없는 치유. 이런 게 아닐까요. 슬프거나 기쁘거나 두렵거나 어떤 감정이 휘몰아칠 때면 결국 눈물이 나와요. 느꺼운 마음에 찾아오는 표식이 아닐까요. 느껍다. 이 표현을 쓸 순간이 자주 찾아왔으면 좋겠어요.

*

너무 가까이 다가가려다 그 의미를 잊어버리곤 한다.
내가 가졌던 관계도 그렇다 생각한다.

오랜 애정이기에 이번에 거리를 좀 두려 한다. 오래도록
좋은 사이가 되려고.

*

내 삶의 이유가 되고 싶지 않다. 살기 위한 기댐이 되고 싶지 않다.

*

카뮈의 명언이라고 알려진 이것

"Don't walk in front of me… I may not follow"

"Don't walk behind me… I may not lead"

"Walk beside me… just be my friend"

참으로 좋아하는 말로 한동안은 나의 휴대폰 배경화면이었던 시절이 있었다. 언젠가 다시금 인터넷에 검색을 해보니 카뮈가 했던 말도 아니고, 출처도 제대로 알 수 없는 말이라는 사실을 접했다.

생각보다 명언이란 건 사소한 말에서 시작될 수도 있다는 생각에, 약간의 실례를 무릅쓰고 파파고의 힘을 빌려 명언을 바꿔보련다.

"Just let it flow with me"

*

1 대본 : 소화를 해내는 것은 생존에, 지양은 여전할 예정이지만 모임은 종료. 상큼보다 얼큰, 2 소설 : 휘발유. 토마토. 3 봄 : 통화. 이제 그는. 그를 쉽게 싫어했다. 부단히 애쓰며 살고 있다고, 무서운 일이 있을 수 있다는 이유만으로, 누구를 위한 소설이냐고, 나를 위해 쓰자고, 나와 닮은 소설 속 인물들이 4 일기 : 완연한 봄이네, 술을 마시지 않는 밤은 너무 길다. 밤과 새벽을 쓸데없는 이야기로, 부질없자고 마시는 게 술이니까. 억지로 헤어진다. 술자리를 오래 지키는 이들이 서로의 외로움을 돌보다가 때가 되면 헤어진다. 외로움을 다루는 일이나 술을 다루는 일은 다루기 어렵기. 5 나 6 적어. 범인은. 보통의 노력으로는 안된다. 1등을 왜 해야 하나요. 어울함 세포는. 7 필사. 시. 이어폰. 동화. 쿵. 여긴 어딜까. 오행 중요한 것일수록 리스크가 커. 넘어질 걸 알면 더 멋지게 넘어질 수 있어 도미노처럼. 8 달 : 대강포기하지 않는 시를. 동력 없이도, 개의치 않고도 쓰는 것. 제목이 아름다울 수 있구나. 단어를 수집하는 것.

*

forggotten

자꾸만 나에 대해 잊어버린다.

은연중에 뱉었던 다짐들이 종이 쪼가리가 되어 마주했다. 절대 변하고 싶지 않다는 말. 솔직해서 더 부끄러운 감정들. 얼마나 많은 것을 마주하고, 잊어가는가 생각한다.

*

아껴서 입는다거나 아껴서 쓴다거나
나보다 중요한 무언가를 취급하지 않기로 했다.
있다가 갑자기 사라져 버려도 감정에 부담이 되지 않을
정도로.

비싼 양복도 날 조여오지 않게

*

난 무쓸모하다.

꼭 쓰임의 존재여야 할까.

우리는 삶을 써내려가는 주체다.

*

약한 모습 보이지 말자.

우린 한없이 약하지만,

*

단언하지 말자. 다 큰 줄만 알았던, 어린 내가 뱉었던 말이 지금의 날 자꾸 보챈다.

난 아직 한참 어리고, 언제나 어릴것이다.

단언하지 말자.

손님

날씨가 제법 차서 손님을 부를 때면 보일러를 틀어 보인다. 근검절약을 부모님의 영향으로 몸에 배어있어서 잘 틀지 않는 보일러를 말이다. 뜨르르렁 울려대는 보일러실 소리가 나만이 있던 공간에 활력을 불어넣는다. 마치 '손님 온데요. 집안에 분위기 좀 바꿔봐요'라는 듯이 보일러가 울려대고, 이정돈 담에 치우지 뭐, 에서 "담"에 해당하는 순간이 찾아왔기에 묵혀둔 짐들을 정리해 나간다. 아주 조금 남아있던 화장품, 한번 다시 볼 것만 같았던 책과 언젠가 써야지 하고 아껴두었던 물건들을 정리한다. 이 많은 짐들을 가지고 3평 남짓한 공간에서 어떻게 지난 1년을 지났는지 새삼 놀란다.

이런 손님을 맞이할 준비를 마쳤다고 생각됐을 때 타이밍 좋게 전화가 온다 " 나 도착핸 문 열어주라" 오늘의 손님은 친구 N이다. 항상 너무 친절하고 좋은 말만 입에 달고 있는 N, 하지만 기계적으로 친절한 답변만 일삼는 친구 N에게 소울리스라고 놀리기도 하는데, 어쩌면 너무나 완벽한 언사를 구사해서 빈틈이 그것밖에 없어 보인달까. (자긴 소울 충만이라지만, N아 눈은 거짓말 못한단다) 친절로 범벅이 되어있는 친구 N은 고등학교 때부터 친구로 지냈다. 그러다 부쩍 요즘 자주 보는데, N도 나도 각자 상경을, 그것도 은평구로 했기 때문. 오늘은 명지대에서 자격증 시험을 본다길래 대학교 바로 옆인 우리 집으로 초대를 했다. 아무것도 먹지 못하고 3시간 동안 시험만 치렀다는 N의 이야기를 듣고는 냉장고를 급히 뒤져보지만, 손님을 맞이할 준비가 덜 된 내 냉장고에는 냉동실에는 바밤바가, 냉장실에는 맥주만 가득했다. (이런, 나의 빈틈을 보였다) N이 먹고 싶다던 초밥은 아직 배달이 도착하지 않았고, 먹을거리를 짜내어 소량의 과자와 요플레 하나를 건넸다. “N아 미안하다. 내가 장을 덜봤다”

매주 토요일과 일요일에 장을 보곤 한다. 토요일에는 주말에 먹을 것 이틀 치 장보기. 일요일은 주중에 먹을 것 오일 치 장보기. 그런 장보기 목록에 손님을 위한 무엇이 없었고, 그 결과가 오늘이다. 한국인의 정이란 밥으로 통하는 것이라 배웠다. 어릴 적 동네 할머니들이 예고도 없이 성큼성큼 걸어와 우리 집 미닫이문을 열고 집에 들어올 때면, 부모님은 당황한 기색보다는 언제나 밥 또는 차 한잔 먹고 가라고 권하셨다.

부모님의 가르침에 반해 N에게 대접할 요리가 배달음식과 초라한 간식 몇 가지라니 창피함과 미안함이 내 볼을 간지럽혔다.

내 입에는 자꾸만 "아고, 미안하다"가 붙었고, N은 붙은 걸 자꾸 떼어냈다"아니 아니, 진짜 괜춘"
괜찮다는 친구의 말에도 한동안 부엌의 서랍들을 뒤졌다. 마치 나도 처음 보는 공간인 것처럼, 무언갈 찾아 댔다. 다행히 가벼운 조리품 보관함이었던 두 번째 서랍에서 드립백과 유자차티백을 발견했다. 둘 다 누군가에게서 선물받은 물건들로 "나는 즐겨 마시지 않으니 살 필요가 없어"라는 생각으로 주말 마트에서 장바구니에 골인하지 못했던 것들로 산다는 생각을 가져보지 못했다.

"대박 대박, 커피 마실래, 티 마실래"
드립백과 티백을 발견한 나는 한 껏 목소리가 커졌다. 당당하고 우렁차게 말했고, 괜히 키도 조금 커졌던 것 같다.(아님 말고)
친구 N이 다행히 티를 골랐다. 그렇게 친구와 함께 집에서 초밥과 차 한잔을 먹으며 보냈다. 대접받는 것 같아서 너무 고맙다는 칭찬봇 N. 방금 고맙다는 N은 소울이 가득했다. 차 한잔이 영혼을 불어넣지 않았을까. 나는 생각하며 나에게 차를 선물해 주었던 친구에게 듣지 못할 감사를 속으로 전했다.

그날 저녁 여느 때와 같이 장을 보러 갔을 때, 가장 먼저 커피&차 코너로 갔다. 나만의 기호에 맞춰 채우는 바구니가 아닌, 언제 올지 모르는 손님을 위한 장바구니로 카페인을 못 마시는 이를 위해 하나, 단것을 좋아하는 이를 위해 하나, 둘 채웠다.

누가 찾아올지 모르지만 손님을 맞이할 준비하는 일. 북한산을 옆에 두고서 언덕을 힘겹게 오르고, 골목을 비집고 들어와야 찾을 수 있는 우리 집처럼, 쉽게 닿지 못할 나에게 찾아온 누군가를 맞이하는 일. 온기를 들고 오는 이에게 온기로 대답할 수 있는 일.

사랑하는

2남 1녀 중 막내. 남아선호사상의 결과물에 가까운 나는 아주 우리 집안의 사랑과 관심을 한 껏 받으며 자랐다. 부모님이 세 가지 맛(딸기맛, 바나나맛, 초코맛) 음료를 사 올 때면 맨 처음 선택권은 나에게 줄 정도로 나는 누나들이 보기엔 계급을 파괴하는 생태파괴자였다. 그래도 우리 누나들은 그런 나를 질투가 아닌 더욱 큰 사랑으로 보답했다.

고등학교 입학과 동시에 본가에 떨어져 살게 됐을 때, 난 작은누나와 함께 자취를 하게 됐다. 말이 자취지 누나의 어깨에 매달린 동생이었다. 그때 누나 나이가 24살. 간호사로 일하면서 나와 사는 생활비, 월세, 내 용돈도 모두 누나가 감당해 주었다. 사회 초년생, 신입 간호사였던 누나가 나를 책임졌다.

가끔 누나는 일 끝나고 늦은 밤 술에 취해 집에 들어와서 그만두고 싶다고 내 품에 울면서 말하곤 했다, 그럴 때면 난 "누나 힘들면 그냥 그만둬"라고 힘없는 위로를 건넸다. 이런 답에 누나는 더 말하지 않고 울다가 잠들었다.

누나와 둘이 살다 보니 누나 친구들과도 종종 같이 시

간을 보내는 경우가 있었는데, 그때도 가끔씩 누나가 일에 대한 고충을 이야기할 때면, 난 그냥 그만두라고 했다. "누나 힘들면 그만두고 쉬어". 이 말은 뱉자마자 다그치듯 "이거 다 너 때문에 못 그만두는 거 아냐 승효야"라는 누나 친구의 말을 들었을 때서야. 아무 말을 하지 못했다. 그래야 맞기도 하고.

초등학생 때 내가 선물했던 1000원짜리 캐릭터 양말에 구멍이 나도, 동생이 사준 거라며 꿰매며 신었다던 우리 누나의 모습을 누나 친구를 통해 전해 들어도 고맙다는 말을 하지 못했다.

어느덧 난 누나의 품마저 떠나 사회초년생이 됐고, 누나는 단짝을 찾아 백년가약을 맺게 됐다. 그런 누나의 결혼식장, 참으로 많은 이들이 축복을 보냈다. 새하얀 조명 속 미소가 가득한 얼굴. 누나는 신부사진을 찍느라 볼에 경련이 온듯한 어색한 미소이지만, 원래 주인공은 손님 받느라 정신이 없다고. 주인공을 대신해서 난 그 얼굴들을 하나하나 들여다보았다. 내 나름 부담스러워하지 않을 선에서 악수와 허그를 보냈다. 그럴 때면 한 번씩 돌아오는 진심 섞인 농담들. 그에 답으로 보내는 인사.

내가 누나에게 받은 애정으로 이곳에 서있듯 누나의 애정에 보답을 하려 모인 누나의 지인들, 하나같이 미소를 띠어 정말이지 누나의 삶에는 얼마나 곱고 많은 마음씨가 섞여있을지 가늠하기 힘들어 내가 다 행복해지련다.

낯부끄럽지만, 오늘은 고맙다는 말을 남겨야겠다.
사랑하는 우리 누나, 정말 축복해. 누나가 언제 용하다는 무당의 점을 보고는 그랬지. 무당이 말하길, 누나가 우리 가족의 큰 복이라고. 그 말을 들었을 때 맞는 말이라 생각했는데, 오늘 보니 조금은 다르네, 우리 가족뿐만 아니라 오늘 미소를 보인 이들에게도 큰 복을 가져다준 인연이 아닐까. 이제 그 복 누나가 많이 가져갔으면 좋겠네. 지복의 삶을 살길 바라. 정말 축복해

메밀꽃 필 무렵

'2022년도 3개월밖에 남지 않았네요' 아침마다 읽는 뉴스레터의 헤드라인이 10월이 되었음을 알린다. 이제야 조금 이직한 직장에 적응도 한 것 같아서, 난 이제 시작 같은데 올해가 벌써 반이상 지났다는 게 조금은 아쉽기도 하다. 가장 체감으로 느껴지는 건 에어컨의 찬바람 대신 가을 공기를 피해 이불속으로 숨는 나의 잠꼬대와 지금처럼 회사 창문을 통해 넘어오는 노을이다. 여름에는 퇴근하고 집에 도착했을 때 인사를 건넸지만, 가을의 노을은 퇴근도 전에 찾아와서 대뜸 길게 늘어져서 내 책상에 누워버린다. (그래서요. 오늘은 그만하고 퇴근하는 게 어떤가요 팀장님?)

가을이면 내 고향 제주에는 저만치 죽 늘어난 억새밭이 일렁이었던 모습을 상상해 본다. 더 깊게 들어가면 감자밭 평상 한가운데 누워서 난 책을 읽고 엄마는 검질을 메던 그때로 들어가, 그 순간을 추억한다. 주말에 집에 있던 나에게 엄마가 '승효야 엄마 좀 도와 주젠?'라면서 나를 밭에 데리고 갔었다. 놀고만 싶었던 사춘기의 난 뾰로통한 표정으로 마지못해 '응'이라고 했고, 이내 엄마와 단 둘이 감자밭으로 갔다. 몇 년도에 생산된 지 모르겠는 '시티에이스'를 타고 말이다. 엄마의 등에 바짝 붙어서 집을 나섰다. 감자밭은 덕수리에 있었는데, 덕수리는 감귤밭이 아주 많은 동네다. 넓게 펼쳐진 감귤밭들을 지나고, 하얀 메밀꽃들이 펼쳐진 메밀밭을 지나쳤다. 메밀꽃 필 무렵은 읽어본 적 없지만, 제주에선 그 무렵이 언제인지는 이때 확실히 알게 되었다. 그때 메밀밭을 지나가면서 엄마가 '승효야 이건 메밀밭'이라고 가르쳐주었고, 난 타자연습으로 인숙 한 '메밀꽃 필 무렵'을 속으로 중얼거렸다.

감귤밭과 메밀밭들을 지나 도착한 감자밭에는 평상이 하나 있었다. 난 거기에서 책을 읽었고 엄마는 옆에서 검질을 메었다. 내가 도와줄까라고 물으면 엄마는 가만히 있는 게 도와주는 거라고 했고 난 정말 가만히 누워서 책이나 노래를 듣는 행위를 했다. 석봉의 어머니가 했던 말처럼, '승효야 너는 쉬고 있어라, 난 검질을 멜 테니'

하루 종일 누워서 뒹굴거렸다. 평상에 누워있을 때면 가을의 높은 하늘 속에 내가 있는 것 같은 느낌이, 옆에서는 이따금씩 제주의 바람이 볼을 간지럽혔고 난 이런 걸 즐기며 시간을 보냈다. 그러다 가을의 노을이 대뜸 길게 늘어져서 내 볼을 문질렀고, 난 저만치 멀리서 검질을 메는 엄마에게 다가갔다. '엄마 우리 언제 집에 가?' 저녁이 됐다는 걸, 집에 가고 싶다는 이야기를 뱉었다. 엄마는 그런 나를 잘 달랬다. '이것만 하고 집에 가자'. 집에 간다는 소식에 나는 들떠서 그제야 엄마 곁에서 이것저것 말을 붙였다. 밭을 둘러싼 돌담 옆에 자란 이 하얗고 큰 버섯은 먹을 수 있는 건지, 이다음 농사는 무엇인지, 뭐 이런 물음들을 마구 쏟아냈다. 엄마는 이런 나의 철부지 같은 행동, 질문에 일일이 답변을 해주었고 드디어 말을 꺼내셨다. '아이고 말동무해 줘서 고맙다 승효야'

왜 어릴 때 주방에서 뚝딱거리면 엄마가 '누구는 가만히 있는 게 엄마 도와주는 거야'라고 말하지 않나. 엄마는 나에게 그저 말동무만이라도 해달라는 간단한 도움을 요청했던 것인데 이 센스 없는 난 정말 가만히 있었다. 소녀 같은 마음의 엄마는 또 그런 날 보고 더 이상 도와달라고 하지도 않고 말이다, 지금 생각해도 정말 귀엽다. 우리 엄마. 돌담 사이로 넓게 펼쳐진 초록색 이파리 속 조그만히 품고 있었을 마음을 회상해 본다.

•

아고. 벌써 퇴근한 지 3시간이 지났다. 따릉이를 타고 집으로 돌아가고 있는데 아까 책상에 찾아왔던 노을은 이미

들렀다 갔고, 지금은 가을밤공기가 뺨으로 느껴진다.

이제 덕수리에도 메밀꽃이 피었으려나.

시작과 끝

노래를 들을 때 앨범순서대로 듣는 일. 레트로 열풍과 인스타 감성에 힘입어 LP수집이 마이너 한 장르에서 이제는 좀 더 수면 위로 올라왔다고 느낀다. 불과 몇 년 전만 해도 앨범을 수집하는 일은 음악에 매우 진심이거나 팬심이 두꺼웠을 때나 행하는 일로 여겼었지만 이제 취미생활로써 취급을 이해해 주는 사회분위기로 변한 게 체감이 간다. 하나 둘 문 닫아가던 음반가게시장이 어느새 굳건히 골목을 지키고 가끔은 웨이팅을 스는 모습까지 볼 수 있으니 말이다.

그런 앨범 수집 중, 난 LP보단 CD를 선호한다. 처음 접한 건 2009년. 남들은 mp3이거나 아이팟을 들을 때, CD시장이 저물고 있을 때. 그때 접했다. 힙합을 좋아했던 터라, CD로 접해야 하는 믹스테이프가 많았고 덕분에 좋아하는 래퍼들의 CD들을 구입하고는 안방에 들어가서 아버지의 턴테이블로 CD를 듣곤 했다. 아버지가 재차 몇십년은 됐고, 옛날에 아주 좋은 제품으로 취급됐었다고 강조하는 이 턴테이블은 세월의 흔적이 보이는 디자인을 제외하곤 아버지말처럼 성능은 뛰어났다. 덕분에 어려움 없이 CD를 들을 수 있었고. 어릴 적부터 앨범으로 듣는 음악에 집중할 수 있었다. 이렇게 CD나 LP로 앨범을 듣게 되면 자동적으로 첫 트랙부터 순서대로 듣게 된다.

CD 플레이어든 LP턴테이블이든 지금 투입한 앨범의 곡만 들을 수 있다. 뭐 랜덤재생기능도 있지만, 아티스트가 수록곡 순서배치에도 많은 심혈을 쏟는 걸 아는 사람이 그러면 될쏘냐. 온전히 아티스트가 의도한 대로, 앨범에 수록된 곡들을 처음부터 끝까지 음미하며 들어본다. 덕분에 난 20살 첫 알바로 받은 월급으로 가장 먼저 산건 CD 플레이 기능이 담긴 오디오였다.

내가 즐겨 듣는 힙합앨범에서 '명반'이라 불리기 위해서는 몇 가지 조건이 있었다. 스킬적인 면모나 음악이 주는 메시지, 짜임새 같은 것도 중요하지만 내가 당시 먼저 중요시했던 건 '죽이는 intro'였다. intro라는 것은 곡 혹은 앨범 전체의 시작을 알리는 첫곡이다. 앨범의 전반적인 분위기와 내용을 알려줌과 동시에 나머지 곡들을 온전히 감상할 수 있게 집중하게 만드는 장치. 약간의 다짐과 같은 시간이다. "똑똑. 저 이제 앨범 시작합니다. 이 앨범은 이런 메시지가 있을 예정이고요. 이런 분위기가 주를 이룰 예정이랍니다. 자, 그럼 안전벨트 확인하시고. 준비되셨으면,,,, 시작합니다!" intro를 들을 때면 마치 비행기 이

륙 전에 기장이 말하는 안내처럼 들린다. 설렘으로 가득 찬 비행기에서 비행의 시작을 알리는 기장의 말처럼 말이다. 대개 명반에 속하는 앨범들은 이 intro가 설렘을 가득 터트려준다.

이어지는 명반의 조건에는 outro가 완벽해야 한다는 것. 그리고 그렇게 터프함을 강조하던 힙합앨범 속 가사들도 후반부로 가면 가족, 친구에 대한 사랑, 의리로 마무리곡을 가져갔다. 게다가 향수가 짙은 2000년대 초반 힙합씬은 outro에 내레이션처럼 깔린 래퍼의 독백 녹음을 어렵지 않게 찾을 수 있었다. 혹은 음원으로는 들을 수 없지만 앨범을 구입해야만 들을 수 있게끔 음원을 유통했고, 덕분에 앨범을 구입해서 들을 이유가 충분했다. 대게 래퍼가 이 앨범을 만들면서 겪었던 일. 고마운 사람들. 앨범을 마무리하며 드는 생각들 같은 것들을 읊조렸다. 설렘으로 가득 찼던 게 intro라면 여행의 마무리를 의미하는 돌아오는 비행기처럼 감정을 한껏 소모한 뒤 집으로 돌아와 여행의 짐과 추억들을 정리하는 게 바로 outro다.

그렇다고 꼭 intro와 outro만 중요하다는 건 아니다. 그저 시작과 끝이 완벽하고 그 사이에 담긴 곡들이 순서대로 흐르는 여행을 떠난다. 아티스트와 함께 떠나는. 그것도 여행의 모든 일정을 소화하는 일. 앨범 중 좋아하는 곡만 골라서 나만의 플레이리스트로 듣는 행위는 여행 중 좋았던 순간만 골라서 기억하는 행위처럼 보인다. 근데 사실 여행이란 것은 출발하는 비행기에서부터 동행자와 다툰다거나 여행지에서 길을 잃고, 거짓 블로그 맛집에 속기도 하며 유명지의 사진 한컷을 위해 몇 시간을 땡볕에서 기다리기도 하는 게 여행의 내면이다. 앨범으로 치면 수록곡들인 셈이고 여행이 그렇듯 그 모든 순간들을 마저 소중한 게 처음부터 순서대로 듣는 앨범이다. 더군다나 비행기 이륙부터 집에 돌아와 짐을 푸는 것까지 완벽한 여행이라면, 얼마나 값진 경험일까. 그래서 더욱이 앨범을 순서대로 듣는다. 그래야 온전히 아티스트가 짜놓은 계획대로 여행을 할 수 있을 터.

영화관에 앉아 2시간 동안 감독이 구상한 미장센에 몰입하여 작품을 감상하듯, 앨범의 1시간가량을 방안 가득 퍼지는 멜로디로 채워보자. 순서대로.
설렘이 가득한 시작부터,
사랑으로 마무리되는 끝까지.

추신) 검정치마 3집 part1 TEAM BABY 앨범에는 CD only로 outro가 존재해요.

해랑사 을신당는 나 처음엔 안 넘어가는 게 아마 맞아요

나는 별이 되고 싶었던 게 아니에요

-TEAM BABY intro [난 아니에요] 중

걱정하지 마 나의 여자야 너무 걱정하지 마

금방 다 지나가 조금만 기다려

-TEAM BABY CD only outro 중

추신2) 제가 특히나 좋아하는 나래이션이 담긴 outro

팔로알토 - memories

스윙스 - 내 인생의 첫review

사랑하는 마음이 정리가 되긴 할까요

사랑하는 마음이 정리가 되긴 할까요. 선생님. 전 너무 미련곰탱이 인것 같아요. 지나간 목소리를 떠나가지 못하게 붙잡고 있어요. 그런다고 내 곁에 있는것 같지도 않아요. 누군가 날 꼭 안아주어도 대체 될 수 없는 마음일것만 같아요. 있잖아요. 제가 제주도를 떠나 집을 나가겠다고 했을 때는요. 아버지는 으름장대신 말을 아끼고는 그저 방문을 닫으셨어요. 피는 못속인다죠. 저도 이젠 방문을 닫고 사네요. 겨울잠을 잘꺼라며 주변의 연락을 끊었지만, 겨울이 지나고 봄이 온 지금에도 겨울잠을 자듯 사는게 좋네요. 겨울잠은 봄, 여름도 지나 다시 겨울이 와도 깨어나지 못 할것만 같아요. 이렇게 하지 않으면 다시금 그리워 할 것같아서요.

여름이면 항상 그 사람이 생각났거든요. 그사람과 함께 7년을 했네요. 항상 제 옆인 것 같았어요. 어쩔땐 절 가르치는 선생님 같았다가, 제 마음을 제일 잘 위로해주는 친구같기도 했었죠. 이런 사람이 있긴할까요. 아니 다시 만날 수 있을까요. 그 남자의 목소리를 새로이 들을 수나 있을까요. 여름을 그렇게나 좋아하는 제가, 더 여름을 좋아할 수 있었던 이유였던 사람인데 말이죠. 올해 여름이 약간은 무섭네요. 그가 없을지도 모른다는 생각에.

설령 다시 곁으로 돌아와도 반길 수 있을까요.

선생님. 말이 참 너저분했죠. 이제는 정리해야 되는게 맞는것 같네요. 근데요. 사랑하는 마음이 정리가 되긴 할까요

미련안곰탱이

곰처럼 미련한 사람을 미련곰탱이라고 부르곤 하죠. 그런데 그 사실 아시나요? 러시아 속담에 "곰은 열 사람의 힘과 열한 사람의 지혜를 갖고 있다"는 말이 있다네요. 기억력이 뛰어나 연어가 오는 시기와 장소를 기억했다가 사냥한다고요. 이렇게 똑똑하고 야무졌는데 과연 미련하다 할 수 있을까요? 어쩌면 우리도 소중함을 기억할 줄 아는 사람들 아닐까 하는 생각이 드네요. 그래서 이젠 우리를 미련안곰탱이라고 하는게 어떨까요.

이제부터! 나는야 미련안곰탱이!

더 이상 봄이 두렵지 않아#1

난 더 이상 봄이 두렵지 않아.

“왜? 왜 두려웠었고, 왜 두렵지 않은 거야. 지금은?”

전에는 말이야. 겨울 동안 한없이 작아지고 움츠렸던 내가 버거웠어. 봄을 맞이하기가, 행복해지기가 힘들고 버거웠어.

“왜 버거웠던 거야?”

준비가 덜 됐던 것 같았어. 행복할 수 있을까. 아니 난 행복해도 되는 걸까.라는 물음이 자꾸만 들었어. 새소년의 난춘이라는 곡 아니? 원래 난춘[暖春]은 ‘따뜻한 봄’이라는 뜻으로 쓰는데, 새소년의 난춘[亂春]은 ‘어지러운 봄’으로 표현했어. 힘든 날들을 겪었다고 꼭 행복한 날이 찾아올까. 결국 어지러운 겨울의 연장선이 아닐까 봄도. 그랬던 것 같아. 봄이라고 얻어낸 기운은 그저 힘든 느낌을 더 느낄 수 있는 에너지만 가져다줄 뿐이었어.

“지금은?”

확실한 건 준비가 됐어. 행복할 준비. 행복해질 준비.

"준비가 됐다는 건?"

보통 마음의 준비라고 하잖아. 쉬면서 에너지를 충전했다거나, 자본의 여유가 생겼다거나. 근데, 난 그냥 행복해질 준비가 된 것 같아. 행복이 찾아온다면 온전히 느낄 수 있을 것 같아.

혹시 너도 봄이 두려웠던 적이 있니?

더이상 봄이 두렵지 않아#2

바람이 아직 차가운 겨울의 끝자락에서, 오랜만에 만난 친구에게 봄이 두렵지 않아 졌다고 대뜸 말을 꺼냈다. 언젠가 봄이 올까 하는 생각에 견뎌냈던 추위가 영원하게 날 괴롭히지 않을 것임을. 나에게도 따뜻함이 감싸오는 순간이 올 거라고.

집으로 돌아가는 지하철에서 괜히 나의 유튜브를 켰다. 작년의 나는 어땠을까 하는 마음에 지난 영상들을 돌려보는데 봄이라고 초록색 맨투맨을 입고 찍은 '난 더 이상 봄이 두렵지 않아' 영상이 보인다. 정확히 1년 전 이맘때에도 난 똑같은 생각을 가지고 있었구나, 나란 사람 참 한결같구나. 1년 전의 영상 속 나도 '이제는'이라는 말을 반복하면서 행복할 준비가 되었다고 읊어댔다.

행복해질 준비, 어쩌면 난 언제나 가능했다. 행복에 가장 가까웠으면서 그저 내가 멀다고만 느꼈다. 언제나 찾아오는 봄처럼 결국 행복에 다다를 것을 알면서도 그렇게 토라졌던 거였을까. 지금의 나도 어쩌면 지난날의 내가 바라던 행복의 순간 속에 있는 게 아닐까. 그토록 바라던 봄 속에서 살고 있는 게 아닐까. 아니면 내가 바라던 봄은 어쩌면 지금 느끼는 공기처럼 기대했던 것보다 마냥 따뜻하지만은 않은 걸까. 분명한 건 생각보다 봄은 가깝다.

역마

서귀포시 사계리 대전동, 제주시 인제 인화동, 제주시 서사라 일도 2동, 부천시 심곡동, 여주시 교동, 서울 은평구 음암동,,,

내 사주에는 역마살이 있을게다. 사주를 따로 본 적은 없지만 돌아다닌 지난 집들을 돌아볼 때면, 내 팔자를 말해준다. '살'이라 함은 사람을 해치는 액운이라길래 괜히 좋지가 않았다. 요즘 남들이 부동산으로 한다는 재테크가 이유가 아닌, 그저 내 삶이 가는 방향에 보금자리를 따라갔을 뿐인데, 나를 해친다니. 이 사실을 누가 반기리.

언젠가 내가 좋아하는 유튜버가 역마살에 관한 이야기를 늘어놓는 예전 영상을 보게 됐다. 영상 속 유튜버는 아주 조곤조곤한 목소리로 "살면서 느낀 것"을 얘기하는 콘텐츠였다. "역마살은요 어쩌면, 본인이 자초한 것일 수도 있습니다. 이게 무슨 말이냐면 요. 보통 이런 경우는 본인이 추구하는 가치관에 거리에 대한 비중이 낮은 경우가 대부분이에요." 이 말을 듣는 순간 텅 빈 나의 자취방에서 두 손가락을 튕기며 "옳소!"를 외쳤다. 나에게 출퇴근 거리는, 저 멀리 고향을 떠나 온 이 거리는 선택의 조건에서 가장 뒷 순위였다. 다시 말하면 난 내 삶에서 내가 바라보는 곳 만을 볼 뿐 그것에 도달하기까지의 거리감 따위는 생각하지 않는다는 것. 이렇게 보면 나의 선택 회로는 참 단순하다. 무모하다고 보는 게 맞을 지도. 연고지가 아닌 곳들에 정착해 나가며 '나의 동네'가 되어가는 과정이. '내가 좋아서 하는 일'들이 성취를 이루는 과정이 나에겐 큰 설렘을 안겨주었다. 그 좋아하는 일이라는 목표가 얼마나 멀리 있든 계산하지 말고 그 방향으로 걸어간다. 왜 그런 말이 있지 않나. "Why not? Just do It" 그 유튜버의 말대로 내 역마살은 확실히 내가 만들어낸 팔자인 것 같다. 이번에는 강서구 화곡동으로 이사를 가보려 한다.

그곳엔 얼마나 또 재밌는 이야기들과 공간이
'나의 동네'로 변해갈지 기대가 가득해진다.

인생사 새옹지마

"인생사 뭐다? 새옹지마~"

대학생활 4년 동안 입에 달고 다녔던 말이다. 성인이 되고서 자꾸만 좋았던 순간과 불행한 순간이 반복하여 찾아왔었다. 그럴 때 나에게 필요한 자기 암시였다. 어차피 새옹지마니까. '이런 일도 있고, 저런 일도 있는 거다'라는 세뇌이다. 그렇지 않으면 나의 유리 같은 정신력으로는 도저히 사회의 거친 바람을 견딜 수 없었다. (아참, 가끔은 따스한 바람도 불더라. 인생사 새옹지마니까)

2023년 새해를 맞이해 01월에 세웠던 나의 목표들 중 하나는 자격증 3개 취득이었다. 하나는 실무능력을 또 하나는 스펙업을 마지막 하나는 취미생활을 위한 자격증들을 취득하려 했다. 첫 번째 자격증을 1분기에 한 번에 취득하여 그대로 탄력을 받아 두 번째 자격증도 공부에 박차를 가했다. 출퇴근 시간 버스에서, 수영 끝나고 잠을 줄이며, 주말이면 봄 날씨를 만끽하기보단 독서실에서 시간을 보냈다. 내 계획대로라면 두 번째 자격증마저 여름이 오기 전에 한큐에 취득해 낼 수 있을 것이었고, 그렇다면 내가 좋아하는 여름을 온전히 즐길 수 있다는 계획이었다. 할 일을 다 마치고 놀아야 맘 편히 놀 수 있는 성격이었다. 언제나.

04월 23일 그렇게 나의 노력들을 평가받는 실기시험 날 시험시간 3시간이라는 시간 중 1시간 만에 모든 문제를 풀고 검토까지 마치고 집으로 돌아왔다. 가채점결과 무난한 합격이었고 괜한 설레발은 삼가려 시험 잘 보았냐는 친구들의 연락에 다시 공부를 해서 보아야 될 것 같다고 과한 겸손을 내비쳤다.

결과 발표일인 6월 9일을 달력에 표시해 두고 이 날 만을 기다리던 중이었다. 그런 중 05월의 23일 점심시간, 카카오톡으로 연락을 하나 받았다. 정기 기사시험 1회 실기에서 시험지 파쇄 사건이 일어났다고. 나는 그 뉴스를 읽어보았다. 내가 치렀던 시험이었기에 놀라면서 말이다. "세상에 이런 일도 있네요"라고 옆에 회사 동료에게 말을 건네기도 했다. 해당 뉴스를 천천히 읽어보는데 하나 둘 나와 퍼즐이 맞아떨어졌다.

04월 23일에 은평구 연서중학교에서 보았던 정기기사 시험 모든 시험지가 평가도 전에 파쇄를 해버렸다고, 머릿속으로 내가 갔던 시험장소와 날짜가 동일한 것을 깨닫고, 그리고는 내 시험지가 채점도 전에 파쇄가 됐다는 사실을 인지했다. 그 순간의 충격은 참으로 청천벽력과 같았다. 맑은 하늘에 날벼락, 아니 시험지 파쇄가 일어났다.

이후 몇 시간 지나지 않고 문자로, 전화로 한국산업인력공단에서 사죄의 연락이 왔다. 자격증 취득을 위한 내 모든 노력이 공단 측의 일방적인 실수로 가루가 되어버렸다는 생각에 화도 참 많이 냈고, 억울함에 회사 옥상에 올라가 속으로 울음을 삼켰다.

사람이라 실수도 할 수 있지. 그렇지만 시험이 끝난 지 한 달, 반대로 결과발표 2주 전에 이런 통보는 공단의 일처리의 허점들을 적나라하게 보여주었다. 그런데 이런들 결과는 바뀌랴, 하나 둘 오는 걱정의 연락들도 결국엔 다시 시험을 준비해야 함을 알고 위로 섞인 응원을 표했다. 다음시험 다시 파이팅 하라고. 너무 순탄했던 흐름이었을까, 인생사 새옹지마였단 걸 다시금 일깨워 준다.

결국 난 파쇄연락을 받은 당일 저녁 퇴근길 버스에서부터 다시 공부를 시작했다. 불평불만이 다 가신 것은 아니지만 인생사 내 맘대로 꼭 되는 것은 아니니. 세상일의 좋고 나쁨을 미리 예측하지 못하지만, 그 변화에 몸을 맡길

여유가 조금은 생긴듯하다. 이렇게 하나 둘 낙하를 겪다 보면 내가 우러러보는 성인의 모습을 띌 수 있지 않을까. 다가오는 정기기사 재시험을 앞두며 되뇐다. "인생사 새옹지마, 복이 화가 될 수도 화가 복이 될 수도…"

"충성 안녕하십니까. 교수님"

제대로 면대 면한 첫인사는 아직 벗지 못한 군복으로 인사를 올렸다. 나의 전역일은 02월 28일, 정확히 1학기 개강 OT날이었다. 복학으로 변경된 반과 함께 담당 교수님도 바뀌게 되었다.

그래도 새 학기 전에 담당교수님 면담은 듣고 와야 한다고, 복학생이라고 뒤처지지 않는다고 사회의 공기를 만끽하기도 전에 학과사무실로 찾아갔다. 새로 바뀐 담당 교수님은 똑 단발에 허리를 곧게 편 자세가 인상적이었다. 그리고 왼손에는 교안과 함께 서류뭉치들을 품 안에 끼고 있는 모습이, 그녀가 가진 굳은 내공과 지식의 깊이를 보여주는 것 같았다. 교수님께서는 쭈뼛대며 2년 만에 돌아온 학교에 어색함을 느끼는, 나와 같이 복학을 하는 3명에게 친히 학과 커리큘럼과 설명을 해주셨다. 약간의 동기부여를 함께 해주면서 말이다.

아무튼 잘 해내 보자고, 복학생들은 파이팅이 있어서 좋아한다고 웃으면서 이야기하시는 말에, 적응이라는 걱정의 짐을 덜게 됐다.

그 이후로도 나는 학업의 문제뿐만 아니라 집에 큰 문제가 있을 때, 혼자서는 답을 도출할 수 없는 문제에 직면했을 때면, 교수님께 문자를 한통 남기고 연구실로 찾아뵈었다. 가족에게도 말 못 할 걱정거리들을 토해내고 나면, 교수님께서는 항상 잔잔한 미소와 함께 위로와 색다른 시각으로 해결책을 제시해 주셨다. 나 혼자 머릴 쥐어짜 내도 고작 20년 남짓 인생의 출력값이니, 나보다 적어도 두 배는 더 인생을 겪은 교수님의 혜안은 간호학에 국한되지 않은, 인생을 통틀어 보고 계셨다.

한 번은 교수님께서 우리 반 학생들을 불러 모아 강단 있게 한 마디 하셨다.

"너희들 스스로, 자신 앞에 떳떳할 수 있게 대학생활을 보내야 한다. 적어도, 후회가 남지 않을 만큼 공부도 해 보아야 한다. 개인의 능력에는 차이가 있을 수 있지만, 본인은 알 수 있다. 나 자신 앞에서 떳떳할 수 있게 노력했는지, 즐겼는지"

이 말은 아직도 나의 인생에서 선택의 순간에 나 자신에게 되묻는 질문이다. 이 선택이, 노력이 나의 최선이고 설령 실패한 선택이라 한들 나 자신에 떳떳할 수 있는지 말이다. 이 날 이후로 나 자신에게 부끄럼 없는 삶을 살아가는 것이 내 삶의 이정표가 됐다.

난 참으로 복을 받았다. '비판적 추론'을 강의하시던 모습처럼 한 번씩 내뱉는 교수님의 말씀은 아직도 나에게 귀감이, 채찍이 되어 날 가르치고 계신다.

오늘 스승의 날인 것도 잊고 있다가 네이버 화면을 장식한 카네이션을 보고 뒤늦게 교수님께 연락을 보냈다. "교수님. 전 참으로 복 받은 것 같습니다. 교수님께서 하셨던 말씀들이 아직도 저의 인생에 선택들 앞에서 큰 도움이 되는 이정표가 되곤 하네요. "

"운동할 때… 힘 빼고 자연스럽게 자세 잡으라고 하는 얘기 많이 들었거든. 우리 승효를 보면 힘 뺀 듯 한.. 그러면서도 제대로 하는 느낌을 받았어. 생각도 깊고. 자넨 잘 살 거야. 응원할게~(하트)"

수영을 할 때면 강사님께서 자꾸 날 보고 어깨에 힘 좀 빼라고 내 어깨를 주무르셨다. 긴장하지 말라고, 복싱을 배울 적에도 관장님께서 내 어깨를 툭툭 치면서 힘 빼라는 말씀을 하셨다. 수영과 복싱만 그럴까. 난 내 모든 행동에 긴장이 따라온다. 누구나 그렇지 않을까 싶다. 특히 나와 같은 사회 초년생에게는.

오늘은 교수님께서 오히려 긴장하지 말라는 말을 내가 듣기 좋게 말해주신 것 같다는 생각이 든다. 응원인지 위로인지 조언인지 3가지 맛을 적절히 섞는 내공은 참으로 놀랍다.

또 하나 배웁니다. 교수님.

나마스떼#1

허리는 곶게 펴고, 턱은 쇄골 쪽으로 당겨주면서 가슴은 천장을 바라봐줍니다.

숨은 옆구리 끝까지 공기가 들어가게 깊게 들이 마쉰다음 천천히 내뱉습니다.

두손모아서

오늘도 같이 열심히 숨을 같이하며

수양을 해주신 모두에게

감사합니다.

나마스떼

나마스떼#2

1. 요가는 예전부터 배우고 싶었던 장르였다. 유연성검사를 할 때면 -10은 기본으로 깔고 갔던 중학생 시절부터 요가를 통한 개선을 꿈꿨다 할 수 있겠다. 하지만, 제주도에 남자 요가반은 없을까 하면서 배움의 도전까지는 가지 못했었다.

2. 새로 끊은 헬스장에 알고 보니 그룹요가레슨이 제공된다는 걸 한 달 만에 깨달았다. why not? 대뜸 예약하고 첫 수업에 찾아갔다.

3. 난 누구 여긴 어디. 기존 회원들은 못보던 남자가 교실에 들어와서 놀란 눈치였다. 그렇지만 선생님께서는 눈치를 한번 살피시곤,
"요가 신청하셨어요~? 매트 깔고 앉아계시면 됩니다"

4. 내가 너무 어렵게만 생각했다. 정작 나는 여초과에 여초직업인 간호사면서 요가에는 성별의 잣대를 너무 댔나보다. 이상하게 생각하지 않으면 이상하지 않다. 그저 동작 하나하나 따라하다보면, 수십년동안 안 쓰던 근육을 펴주는 것 같아서 정말이지 너무너무 시원하다.(물론 한참을 안 썼어서 목각인형 그 자체지만)

5. “회원님, 어떻게 그래도 종종 오시네요”

“아..! 시간만 맞으면 참석하려고요”

아마 선생님께서는 첫 수업 때 무지하게 흔들리던 내 동공을 걱정하셨나 보다.

걱정 마세요 선생님,,, 도망치지 않을게요,,,(웃음)(웃음)(땀)

나 사랑하는 것과(흘러)

요가는 왜인지 모르지만, 오른쪽으로 향한다. 휴식자세도 오른쪽으로 눕고. 대부분의 동작도 오른쪽 몸을 먼저 비트는 것 같은 느낌이다. 잘은 모르지만, 어떠한 이유가 있겠거늘 하고 생각을 삼킨다.

요즘 하늘이 참 맑기도 하고, 춥지도 덥지도 않은 게 딱 가을의 날씨라 참 좋다. 보다 추워지면 더욱 집이 소중하다. 목적없는 외출에도, 결국 자연스레 발걸음은 집으로 향한다. 상경한지 3년, 서울로 간 삼룡이인 나. 가끔은 집 안에 내가 데려온 가구 하나하나 모든 게 새삼 어색하다. 살기위해 살았던 기간이 꽤 됐었다. 잠깐 살다가는 월세방이 아닌, 출가의 의미가 컸던 도전에 나에겐 생각보다 많은 일이 있었다. 나를 먹여 살리기 위해 정신을 바짝 차려야만 했다.

3년간 참으로 많이도 흘렀다. 그 흐르는 과정에서 내 뜻대로 된 적도, 그렇지 못한 적도 있었다.

그 시간도 흘러 여기로 왔다.
나의 세상도 결국 한 곳으로만 흐른다.
요가처럼 어떠한 이유가 있으리, 걱정을 삼켜본다.

2부

함께 흘러가는

이길 勝 마칠 竣

“오! 승준이! 너도 여기 다니는구나”

내가 승준이를 처음 만나는 자리에서 인사보다 먼저 건넨 말이다. 승준이는 중학교에 입학한 1학년 1학기에 알게 됐다. 서로 다른 반이었지만 승준이는 유명인사였다. 그는 약간 남달랐다.

“야 우리 반에 영어발음 죽이는 아이 이서. 야이가 압도적으로 1 등 이랜 전교에서”*

비록, 한 학년에 반이 3개밖에 없는 작은 학교였지만 이런 소문은 빠르게 퍼졌다. 어느 동네에서 온 몇 반 누구누구가 공부를 그렇게 잘한다는 등

소문대로 입학식에서 상을 받은 학생은 승준이었다. 어떤 상인지 기억은 잘 안 나지만 “아무튼 공부 잘하고 똑똑해서 주는 상” 비슷한 거였다. 전교생이 모인 자리에서 승준이는 상장을 받고 덧없이 환한 미소를 지었다. 이 부분이 정확히 내가 승준이를 처음 봤을 때의 첫인상. 첫 장면이다. ‘와 되게 멋지다. 저 친구’

우리 동네, 안덕면에는 도서관이 하나 있었다. 이름은 "안덕 산방 도서관" , 난 이 산방도서관을 자주 갔었다. 학교가 끝나든 주말이 오든 내가 가는 곳은
산방도서관이었다. PC방은 담배냄새가 나서 싫었고, 축구는 관심이 없었을 때였으니. 어쩌면 자연스러운 발걸음이었다.

한 번은 주말에 도서관에서 책을 빌리려 줄을 서다가 저만치 멀리서 책을 고르는 승준이가 보였다.

"오! 승준이! 너도 여기 다니는구나"

우리 학교 1등과 공통점이 있다는 순수한 행복에 그 조용한 도서관에서 대뜸 크고 반갑게 인사하며 말을 걸었다. 착한 침묵이 가득한 도서관에서 나의 목소리는 승준이 눈에 당황을 불어넣어주었다.
그러면서 다가오는 승준이의 답변

"어..! 그래. 너도 여기 다니는구나"

이 부분이 정확히 승준이가 나를 처음 봤을 때의 첫인

상. 첫 장면이다.

이 날을 기점으로 나와 승준이는 자연스레 친해졌다. 산방도서관에 자주 가는 친구들끼리 모여서 같이 학교 끝나고 도서관에 가서 놀았기 때문.

그러고 약 10년도 더 흘러서 승준이는 정말이지 전국의 1등 대학교에 들어갔고, 그런 승준이와 서울에서 한번 술을 마실 때였다.

"야 근데 우리 어떻게 친해졌지?"

갑자기 든 생각.

"아니 중학교 때 네가 도서관에서 나한테 막 말 걸었네"

"아 맞다. 맞다."

"나 그때 너 누군지도 모르고 있었는데, 막 반가운 척, 아는척하느라 힘들었다고"

승준이가 감췄던 비밀을 듣고 그날을 되짚어 봤다. 나는 이미 내적 친밀감이 두터웠던 존재였기에 반갑게 다가갔지만, 승준이 입장에서는 대뜸 동네 도서관에서 얼굴도 모르는 사람이 친한척하면서 말을 걸어오는 상황이었던 거다. 왠지 다시 생각해 보니 그때 승준이가 유독 나에게 이름 대신 "어.. 너.. 그래,,"로 대답했던 것 같고, 책을 고르다 말고 엄마가 왔다고 자리를 피했던 게 기억이 난다.

사건의 전말을 알고 나니 살짝은 부끄럽기도 하지만, 그 순수한 반가움이 참 귀엽다. 내입으로 말하기 부끄럽지만. 그리고 정말이지 고맙다. 어쩌면 '왜 아는척하지'하며 나를 적대시했을 수도 있었지만, 본인도 반가운 척 노력한 승준이가. 덕분에 15년째 절친한 친구사이를 유지하고 있다.

어떻게 친해지긴
나덕에 친해진 거지 인마

클 弘 순박할 淳

"자 그럼, 이제 승효가 건배사를.."
"아 이 새끼 또 또 또. 너 진짜 죽는다"

남자들이 모일 때면 대개 서열이 나뉜다. 장난을 치는 자와 장난을 당해주는 자. 나는 당해주는 쪽에 가깝다. 그렇다고 내가 당하고만 사는 것은 아니지만, 약 2:8의 비율로 당하고 있다는 걸 느낀다. 대개 장난은 상대방의 약점을 공략할수록 타격감이 쌔다. 친구들 사이에서 난 약점이 많은 건지 타격감이 좋은 건지. 하여튼 그렇다.

본인이 한창 당하고 있을 때 해결책 중 하나는 장난의 대상을 다른 사람에게 돌리는 것이다. 한창 우르르 홍순이를 놀리고 있다 보면, 홍순이는 맥주잔을 잡아 올려 외친다.

"자 그럼, 이제 승효가 건배사를.."
(분명 얘는 내가 거절할 것을 알고 부추긴다)

"아 이 새끼 또 또 또. 너 진짜 죽는다"

"그럼 내가 하클, 자 승효의 연애를 위하여!"

이을承 못池

To.승효

사람들은 누구나 많은 꿈을 꾼다 그러나 그 꿈들은 수없이 꺾인다

왜?

거대한 현실의 벽에 부딪혀서?

내 분수엔 너무 과분해서?

땡. 충고로 둔갑한 주변의 오지랖 때문이다.

나다움이란 남을 의식하지 않고 비로소 내 걸음을 걸을 때에 나온다.

응원합니다. 당신을

From.승지

화할 旼 빼어날 秀

작은누나(둘째 누나)와 같이 살았던 때가 있었다. 꽤나 긴 시간인데 덕분에 누나의 친구들과 같이 집에서 노는 경우가 종종 있었고, 쭈뼛쭈뼛 대며 형누나들과 같이 술잔을 들었던 때 말이다.

여느 술자리가 비슷하다. 술잔에 따르는 알코올이 깊어질수록, 대화의 내용도 깊어지는 법. 이때 누군가 말실수를 하면, 그것은 바로 엑시던트. 사고다 사고. 그런 사고가 종종 있었고, 나는 그런 사고 뒤의 뒷정리가 너무 싫어서 내 방으로 피하곤 했다. 한 번은 누나와 누나의 친구 그러니까 누나들끼리 싸움이 났고, 결국은 둘 다 울면서 서로를 껴안으면서 끝났다. (이것 참. 러블리하기는..) 나는 이런 모습에 실증이 왔나, 친구들이 있는 단톡방에 하소연을 했다. 내 눈에는 의미 없는 감정소모처럼 보였으니까.

"누나들 울 집 와서 맨날 싸워요 ㅡ_ㅡ"
"이럴 거면 왜 만나는 거야"

"싸웠다고 안 보면"
"친구가 아니네"

맙소사.

저렇게 강력한 두줄이 있을까. 나는 이걸 사랑이라고 말하고 싶다. 우정도 사랑의 한 부분이기에, 단번에 끊거나, 정리할 수 없으며 반대로 그래서는 안될 소중한 인간의 무기임을.

툭하면 손절을 해버리는 나만의 방어기제가 생겨났던 때에 날 되돌아 보게 만드는 두줄이었다. 두 사람이 만나 친구라는 사이가 되기까지 얼만큼의 서로의 노력이 깃들었는지, 나는 그간 잊고 있었던 것같다. 정현종 시인의 방문객을 참 좋아라 하는 나였는데, 아직 난 헤아릴 수 없나 보다. 나에게 깃든 인연은 참으로 어마어마한 일이라서.

생각해 보니 민수가 화내는 모습을 본 기억이 없다. 장난기가 많아서 오히려 내가 화를 낸 적은 있어도, 민수의 입에서 담지 못 할 단어나 행동은 단 한 번도 본 적이 없다. 정말이지 '착하다'는 표현이 어울리는 친구인 걸 새삼 깨닫는다.

밝을 炫 날 日

2023년 6월 7일 수요일

퇴근후 지친몸 누워 핸드폰보며 잠들기전에 효일의 플레이리스트에 한 곡을 제가 권해드려버립니다! 싱어송라이터 최유리님의 숲 입니다. 오늘 하루도 화이팅.

오후 5:17

2023년 12월30일 토요일

또뜻한 연말 보내렴.

올해도 고생 많았어요.
좋은사람들과 좋은 시간 보내 ♡

오후 5:28

이룰成 법模

사람이 온다는 건 실은 어마어마한 일이다.

정현종시인의 시 중 가장 좋아하는 구절입니다.

낭만보이씨.

내가 좋아하고 있는 것을 좋아하고,

결이 비슷하다 라는 말을 좋아하는데 우리의 결이 비슷하다.

닮아있다.

제가 좋아하는 것도 시간나시면 꼭 읽어주십시사.
조그마한 선물을.

-까만친구가

오늘은 12월 31일 2022년의 마지막입니다.

주신 악당수업이라는 책은 야무지게 정독하고 오탈자도

발견하여 정독했다는 전리품으로 얻고 갑니다.

책선물해주는 사람은 좋은사람이라는 생각을 가지고 있는 저에겐 역시나 틀리지 않았다라는 것을 다시 되새기며 편지를 적어갑니다. TMI지만 새해를 도쿄에서 보내기로 한 저는 도쿄행 비행기안에서 편지를 작성하기에 흔들림이 많아 글씨가 이상해도 양해 바랍니다.

보건관리자 모임에 문상훈이라는 공통점을 찾고 유튜브를 정주행하며 내적친밀감을 쌓고 이젠 소주 한잔 할 수 있는 사이가 된 것을 아주 만족스럽게 생각하고 있습니다.

책을 읽어가며 비교적 최근일도 적혀있길래 내심 혹시나 나에 관련된 이야기가? 생각했지만 못 찾은 것인지 없더군요. ㅎㅎㅎ

돌아오는 비행기에서 쓸까 가는 비행기에서 쓸까 고민했지만 언제나 여행가는 이 설렘을 공유하는 것이 더 어울리는 사람이라 여행가는 편에 작성합니다.

제가 쓸데없는 것에 의미를 부여하는 편이라, 언제나 이 설렘을 가진 인생을 살아가길 기원하며 이만 줄이겠습니다.

-상경해서 알게된 좋은 악당이 되길 바라며

악당 성모가 악당 효일이에게.

악당에 걸맞는 편지지아닌가요?

은혜 惠 이룰 成

To. 새끼 기린

친해지고 싶은 승효와 등산이라니 신난다!
내가 정말 좋아하는 고전소설인데,, 한번 읽어봐!
생각이 많을 땐 소설이 생각보다 유용하더라구.

내가 느끼기엔 승효 주위엔 널 응원하는 사람들이
참 많을 것 같아. 나는 승효에게 safety net이 되고 싶다.
힘들때 우울할때 너무 깊이 빠지지 않도록 지지해주는

너의 선배님이 되길 바라며..

아...

혹시나...

나는 은혜 혜, 이룰 성이야 ^o^

나루 津 아름다울 嬉

승효에게

처음쓰는 승효에게라니!

판교에서의 첫인상이 너무 사랑스러운 동생이라 자꾸 궁금했는데, 혜성이, 성모 덕분에 좀 더 가까운
사이가 된 것 같아서 기분이 좋다. 여러모로 잘 견뎌 내고 있는 것 같아서 기특하고, 응원을 보내게 되네

처음 단톡방에서 여자인지 남자인지 구분이 안갔었는데! 사진을 봐도 머리가 좀 길었어서 여자인줄 알았어. 그만큼 승효가 예뻤나봐.

글도 쓰고, 유튜브도 하고, 인디음악을 좋아하고, 윤지영을 좋아하는 승효랑 친해져서 기쁘다. 앞으로도 서로 좋은 영향 주고 받으며 오래보자^^

3부

흐르다

"한 20만 원이면 되겠다. 그렇지?"

"응"

"스쿠터 렌트비가 하루에 2만 원인데 3일이니까 6만 원, 게스트하우스 하루에 2만 원인데 2박이니까 4만 원, 식비 하루 3만 원 잡고 해도 19만 원이니까 대충 20만 원이면 되겠네"

S#1.

제주의 5월은 맑은 하늘과 시원한 바람. 따뜻한 듯 더운 공기가 가득하다. 이런 좋은 날씨와 바닷바람도 이젠 이별을 앞에 두고 있는 민수와 승효였다. 둘은 동갑내기 고향 친구로 제주도에서도 남서쪽 끝자락 사계리에서 태어나고 자라온 사이다. 낯가림이 심한 승효는 어릴 때부터 땅만 보고 걷곤 했고 또 공부는 한답시고 책가방에 모든 교과서를 들고 다녔다. 덕분에 목은 길게 쭉 빼 말려들어간 어깨의 형태로 멀리서 보면 꼭 거북이처럼 보였고, 항상 이발소에서 반삭스타일로 머리를 자르는 탓에 가끔 가파쿠를 닮았다는 이야기도 듣곤 했다. 언젠가 승효가 이발소에서 머리를 자르는걸 친구들이 구경을 갔었을 때. 가위로 반삭을 하는 모습에 민수는 깨나 놀랐었다. "이발소면 바리깡만 쓰는 게 아니었어?"

반면 민수는 낯가림도 적고 말주변도 좋아서 인기가 많았다. 동네 어딜 가든 어르신들과 선배들의 귀여움을 받았고 민수는 이런 자신을 다룰 줄 알았다. 그런 상반된 둘은 같은 동네, 초등학교, 중학교를 다니며 자연스레 친구가 되었다. 한 번은 장난이 심한 민수가 승효의 가방을 발로 밟는 시늉을 하다 가방에 있던 우유가 터져 승효가 땅이 꺼져라 울음을 터트렸지만, 민수는 진심으로 사과를 했었더랬다. 민수는 장난치는 걸 좋아하지만 화, 싸움을 싫어한다. 장난기 많은 평화주의자랄까.

웃기게도 십여 년을 같은 공간에서 지냈지만 둘이 지금처럼 친해진 건 각자 고등학교로 다른 지역에 진학을 하게 되면서였다. 승효는 제주의 북쪽, 민수는 제주의 서쪽에 있는 고등학교에 입학했고, 주말이면 사계리에 친구들과 모여 놀았다. 그런 방황 섞인 시절을 보내고 둘은 어느덧 성인이 됐다.

S#2.

둘은 제주시 용담의 어느 한 스쿠터렌트숍에서 만났다. 마치 짜기라도 한 듯 둘은 백팩을 메고 있었고 안에는 여벌옷 한 벌과 세면도구가 다였다. 사실 그 이상 필요한 무엇도 없었다. 떠다니는 마음을 태울 스쿠터한대만 필요할 뿐이었다. 예약은 승효가 했지만, 렌트숍 사장님께 말을 먼저 꺼낸 건 민수였다.

"사장님 저희 스쿠터 렌트예약했는데요"

사장님은 갓 20살이 넘어 보이는 모습의 둘을 빤히 쳐다보다가, 면허증을 요구했다. 민수와 승효는 받은 지 1년이 채 되지 않은 면허증을 내밀었다.

"여기요"

사장님께서는 컴퓨터 화면과 면허증을 번갈아 보면서 입력하곤 렌트 계약서를 내밀었다. 민수와 승효는 무슨 말인지도 잘 모르면서 괜히 꼼꼼히 읽어보았고 이해한 것은 갑과 을이라는 단어일 뿐, 나머지는 사장님이 적으라는 대로 적고 결재를 진행했다.

어른이라고 하기에는 너무 앳되어 보이는 두 아이가 내심 걱정이 되었다.

"탈 줄은 알고? 여기 몇 바퀴 돌면서 연습 좀 하다 가"

민수 승효는 '요타 80'이라는 스쿠터를 골랐고 각각 빨간색과 파란색으로 진동은 좀 크지만 성능이 아주 실한 녀석들이었다. 민수는 이미 고등학교 때 몇 번 타본 듯, 자연스럽게 운전을 했다. 반면, 승효는 바짝 긴장한 모습이 꼭 자전거를 처음 배우는 어린아이 같았는데 그런 승효가 덜 겁먹을 수 있는 이유는 민수가 선두로 길을 안내해 주었기 때문. 승효는 그렇게 민수의 뒤꽁무니를 따라서 출발했다.

S#3.

앞에서 달리던 민수가 깜빡이를 켰고, 뒤에 따라오던 승효도 깜빡이를 켜고 민수를 따라 오른쪽으로 빠졌다. 그곳엔 지붕이 높은 주유소가 있었다. 승효는 미처 보지 못했지만 민수는 기름게이지바가 다 닳아 있는 것을 봤었기에 그곳으로 향했다. 능숙한 민수도 기름을 넣어본 것은 처음이었다. 둘은 '부족한 것보단 낫겠지'라는 마인드로 가득 주유했고, 금액은 5000원이 채 나오지 않았다.

1시간에 10분씩은 엔진과열이 안되게 쉬어주라는 렌트숍 사장님의 말에 따라 이참에 주유소에서 멀리 가지 않아 한적한 용두암 해안도로 근처 공터에서 담배를 한대 물었다. 물론 승효는 구경만 했고, 어디서 나는지 모르는 단내를 맡았다. 정확히는 바닷물의 짠내가 섞인 단내였고 이따금 점심 먹을 시간이 되었다는 결론으로 도달했다.

"해물라면 먹자. 이 근처에 있네"
"응"

승효는 전부터 면을 너무 좋아했다. 국물요리에는 정성

이 담겨있고 면요리는 부담 없이 먹을 수 있다며, 라면 한 그릇에 담긴 수많은 손과 정성을 참으로 좋아했다. 둘이 찾아간 곳은 손님이 별로 없는 인기가 별로 없는 가게였지만 맛은 꽤나 먹을만했다. 해물라면에 올라온 꽃게를 쪽쪽 빨아먹었다. 제주도에 살면서도 꽃게에 배어있는 바다향기는 언제나 시원하게 느껴진다.

S#4.

"야 꽉 잡아"

다른 이유로 여행에 같이 오지 못한 친구들을 불러냈다. 스쿠터도 이젠 제법 탈 줄 아는 뽄세가 나왔고, 이내 사계리로 스쿠터를 끌고 가서 친구들을 뒤에 태웠다. 오토바이 운전은, 누굴 태운 적은 더더욱 경험이 없기에 어깨에 잔뜩 힘이 들어갔다. 뒤에 탄 친구는 승효의 허리를 감싸 잡았다. 쥐고 있는 손에도 긴장이 가득했다. 이렇게 친구를 뒤에 태운 채로 사계리 해안도로를 뽈뽈뽈 달려 나갔다. 도로 왼편에는 푸른 파다가 일렁였고, 오른편에는 푸른 이파리가 가득했다. 헬멧 사이로 짠내 가득한 공기가 흘러 들어온다. 민수와 승효는 바람을 거슬러 갔다. 묘한 해방감을 느끼며. 2016년 05월.

사랑하는 모든 것들. 나. 너. 우리.

(마치며)

세상엔 감사할 게 참으로 많습니다. 매일 같은 출근길에서도 서로 피해가 가지 않게 가방을 앞으로 돌려 매기도 하고, 거리가 멀어져 버린 옛 친구의 전화에도 술에 취한 목소리 안에 미안함과 배려가 섞여있습니다. 참으로 감사할 따름입니다. 우리들은 살아가면서 스쳐 지나가는 인연들에게도 배려라는 사랑을 보이고 있다랄까요. 약 12개월 정도 제 주변의 배려 섞인 사랑에 집중을 해보았습니다. 언제나, 역시나 전 사랑 가득한 곳에서 살고 있더군요. 첫 책을 읽었던 전 회사 팀장님께서 "야 인마, 밝은 책 좀 써봐"에서 시작된 글인데요. 쓰다 보니 더 더 밝은 책이고 싶은 욕심이 생기더랍니다. 그 이유는 세상이 아름다워서겠죠.

전 절대 혼자 살지 못합니다. 이제껏 혼자 힘으로 해낸 것은 아무것도 없고요. 혼자 자취를 해오고 있다지만, 아직 제 침대 옆에는 초록색 개구리 인형이 제 잠자리를 지켜주고 있답니다. 오늘 요리한 김치찌개에 들어간 양파는 지난여름 어머니가 사서 신문지에 싸두고 가셨던 것이고, 찌개를 담은 접시도 유학을 떠난 친구가 한국을 떠나기 전 남겨둔 선물입니다. 우리네 하루가 매일 똑같은 출근과 업무, 운동일 것 같아도 들여다보니 같은 버스에 타는 승객과 비슷한 결심으로 출근을 하고 있지 않을까 하는 생각이, 같은 시간에 모여 수영을 하는 이들이 서로에게 약간의 의지가 되어 살아간다는 생각이 들었습니다. 지금 이렇게 글을 쓰며 흘러가고 있는 저의 현재도, 사랑하는 사람들과 같이 흐르고 있을 겁니다.

거시에 기대면 근시의 걱정 따윈 아무것도 아니라는 말을 참 좋아합니다. 좁은 방 한편에서 고민과 함께 지새웠던 지난날과 앞으로 찾아올 어려움들도 멀리서 보면 큰 바다의 한 줌의 일렁임이었으면 좋겠습니다. 꼭 모든 걸 안아줄 것 같은 파도말이죠. 파도는 매번 다른 모습으로 나타나고 물에 담긴 우리의 모래알을 씻겨내 주듯. 우리의 걱정들이 되려 우릴 깨끗하게 해 줄지도 모른 생각이 듭니다. 그래서 더욱 파도에 몸을 맡겨 바닷속으로 들어가렵니다.

이 책을 읽는 분들도 저마다의 바다에 살았으면 좋겠습니다.

혹 없다면, 저의 바다로 기꺼이 초대합니다.

2023년 여름, 사랑하는 것과

효일

느영나영

삼춘, 여까지 읽젠허난 잘도 속았수다. 실퍼실껀디게.

읽으멍 마음이 어떵 또똣해져시민 한디, 호끔이라도 경 되시민 조으쿠다.

하여튼, 나 말좀 들어봅써.

1996년 제주도서 태어낭,
두릴 적인 사계바당이영 산방산이영 잘도 좋은디신서
놀멍 요망지게 커신디. 겐디 어떵하당보단 육지 올라완
게, 서울서 머하멍 살암신지는 나도 모르쿠다.

보름 하영불엉 살기 버칠땐 예,
동박낭 한 고향생각낭게,
경해도 어떵 뱃날일 이시지 않으카 하멍 살암수다.
하긴 예, 울 어멍이 맨날 영 고랐수다게,

"조들지 말앙, 놀멍 갑서 예"

부에낭 강생이추룩 와리면 게, 아방은 절간 온 것 추룩 좀
좀허랜해서난. 지금 생각해보난 인생도 똑 닮안게. 어멍
하고 아방이 고랐던거추룩 고만히 이시민 다 알앙 될철
마씸.

게메이, 영 보면 다 이녁 적시 인생이 있지 않으쿠광 예.
나 적시는 잘도 곱들락할꺼우다.

실은 예, 삼춘 적시도 곱들락할꺼우다.
인생이란게 누게하나 할것없이 잘도 아꼬와 게
경허난 우리 뭉케지말앙 구짝가게 마씸.

아까 고랐주만
버칠땐 영 나신티 기댑서, 속솜행이서 주쿠다.
명심행 나영 곧이글게 마씸.

나 사랑하는 것과 (흘러)

발행일 2024년 02월 01일

지은이 효일 @hyo_oa

디자인 효일 @live_love_holiday

표지사진 @by_jh.p

발행처 인디펍

발행인 민승원

출판등록 2019년 01월 28일 제2019-8호

전자우편 cs@indiepub.kr

대표전화 070-8848-8004

팩스 0303-3444-7982

정가 12,000원

ISBN 979-11-6756490-0 (03810)